伊那谷のしか

赤《あか》池《いけ》 節《さだ》子《こ》

文芸社

目次

伊那谷《いなだに》のしか

志加《しか》さんの実家は伊那谷の手良村《てらむら》だ。

志加さんは明治五年生まれ。実家は江戸時代から寺子屋をするかたわら、中国から輸入したこう薬を、屋号をつけ請地《うけじ》こう薬と名付けて売り、人気があったとのこと。

九人兄弟の長女の志加さんは子守や野良仕事に明け暮れていた。十九歳の頃には慶応三年生まれの友次郎さんと親同士の同意で結納をすませ、結婚式までは相手の友次郎さんに会うこともなかった。今では考えられない明治の風潮だった。

一方、友次郎さんは、夜に志加さんの家に行っては、指につばをつけて障子に穴を開け、そ～っとのぞき見をしていたそうだ。丸顔でおちょぼ口の志加さんを大変気に入っていたとのことだ。

当時、大陸で沢山の気の毒な犠牲者を出しつつも戦に勝つことが出来た日本は喜びに満ちあふれ、二人の結婚式も、そりゃ盛大だったそうだ。友次郎さんは相変わらず朝遅く起き、お茶漬をかっこむと早速出かけて伊那や高遠方面の由緒ある家を訪ね、掛軸をゆずってもらっては売り歩き、気に入った品があるとねばりねばって交換したりするような道楽者だった。

ある日のこと、友次郎さんが客を連れて戻って来ると、奥座敷に通し掛軸を広げて商談が始まった。志加さんは御茶を出そうと炉端に鉄びんをかけ、軒に出て洗濯をしていると、突然、「おい!! やい!!」と大きな声がしたので、びっくりしてかけこんだ。

青松葉のくすぶった煙が天井に上り、むくむくとまるで入道雲のようになって床の間のほうに流れていくところだった。友次郎さんは障子を開け放し、志加さんは座布団でうちわのように必死であおぎ、夢中で煙を追い払っていると、背中におぶった荘一が苦しがって大あばれして泣いた。志加さんは頭の手ぬぐいをとり、「申し訳ねえ」と平あやまりした。

夜、友次郎さんが一緒に働いてくれたら家の周りにいっぱいたきぎを積んで冬支度も出来たのに、くやしいやらなさけないやら涙が止まらなかった。おしめを水につけようと木戸を開けると、遠い実家のほうの空はもううす明るく、すずめやからすがうれしそうに群れをなして飛んでいく。

志加さんは、鳥たちがとてもうらやましかった。縁側に腰をかけ眺めているうちに、実家に帰ってしまおうかという思いが脳裏をよぎった。でもなァ、長女のわしは兄弟のお手本にならねえようなことは、けっして出来ねェ。第一、厳格な父親が許すわけもねェし、それにわしとあまり年の差のねえ小姑や、姑に気をつかって懸命に耐えながら、わしを育ててくれた母親の苦労を思うと、いつまでもあまえるわけにもいかねェ。やっぱりへえ（もう）仕方ねェ、このまま辛抱するしかねェつことだ。そのうち、友次郎さんもきっと畑仕事に精を出してくれるときが来ると自分に言いきかせ、はんてんの袖で涙の顔をぬぐいながら家に戻った。

まだまだ寒い春の彼岸のいりだった。

猫の手も借りたいほど忙しかった田植えが終わると、男衆をたのんで山畑の麦刈りが始まった。

ひと休みする頃になると、いつもは金色の波の中に荘一を背負った姑が見えるはずなのに、この日は一向に現れないので志加さんは心配になり、ついにだんだん畑のてっぺんまで登り、腰を下ろして待っていた。なにしろ乳がはってかすりの上着にしみ出してしまう。きっと子供も腹をすかせているだろうと思うと落ち着かず、ついに男衆に任せて畑を下り家に入ると、姑はうす暗い炉端の脇に寝そべっていた。おどろいた志加さんは声をかけると「来てくれたかえ」と顔をしかめ、「腰が痛え」とさすりながら語った。

「河原に洗濯に行き、帰りに土手に上るとき、わら草履が濡れてしまって芝草がすべり背中の孫をけがさしちゃならねえと手当たり次第に枝を握ったで、落ちはしなかったけども、運わるくそれがやわい柳だったもんだで、どうも体をひねっちまったらしい。歩いているうちにズキンズキンと腰が痛えこと。やっとこさ、家に着いたら荘一が腹をすかせて大泣きになったが乳をやることも出来ず、正味困った。なんとも仕方ねえ、きな粉むすびがあったもんだで口に入れたらもぐもぐして飲んで、そのうち寝てくれた」

「え!!　乳のみ子にきな粉むすび」

志加さんはよろけて大黒柱につかまった。子供は寝ているどころか、目はうつろで息づかいはあらく腹はポンポンでかたくあつかった。

「あぶねえ!!　すぐ医者に行かにゃあ」

志加さんは前掛けをはずすと姑は頭を上げ、

「やっぱり無理だった。友次郎に怒られる。すぐ三沢医院に行っておくれ」

両腕を立ててさけんだ。志加さんは子供を背負って姑に薬袋をわたし、急いで医院に向かった。

途中、苦しそうにぐずるので、きっと腹がゆれたり志加さんの背に当たるのではないかと思い、おんぶひもをずーっとゆるめ、両手で子供の尻を持ちおさえていた。医院に着くと、もう受付の幕をしめ昼休みに入る所だった。看護婦さんに事情を伝えると間もなく先生が現れ、子供を預けて待合室の畳の上にすわり、涙と汗をぬぐいながらおんぶひもをたぐりよせていた。

すると突然、「ギャッ!!」と耳にしたことのない声を出して泣きやまず、志加さんはどうしよう、おんぶひもをぎゅっと握りしめながら懸命に祈り続けた。

ふだんは乳さえ与えていれば元気でいるような子に、予想も出来なかった難儀な状態となり、志加さんは悲しくなった。

しばらくして、かたい表情の先生が子供をだいて現れた。

「当分の間は毎日来て下さい。急変したらすぐ見せるように」

と言いながら志加さんの腕に子供と薬をわたしてくれた。戻る先生に合掌した。

泣きじゃくる子供の涙と顔をふき、目頭をおさえながら身支度をし、おんぶしようとした。でももし急変して、背中で幼い命の灯が消えてしまうようなことになったらと心配になり、おんぶひもを袋におしこんだ。

頑張っておくれ、わしがわるかった、もうお前をおいて山畑に行くようなことは絶対にしねえと誓いをたてた。

山奥の実家近くから流れ来る棚沢川の野底《のそこ》橋につくと、激流の水面には大きな石をのりこえた沢山のしぶきをよそに、鳥たちはさかんに尾を天に向け、腹ごしらえをしていた。

この川の流れにさからって進めば、必ず親に会える。志加さんはたまらなく帰りたかった。そして母に思いきりすがりつきたい。でも沢山の兄弟の長女が心配を持って帰ったら、家族に辛苦な思いをさせるだけだ。志加さんは水の精に背をおされたかのように橋を渡った。

夜、可哀想にやはり胃が痛いのか、ぐずる子供をやっとの思いで寝かしつけた。志加さんは昼間の強い衝撃と医院での悲惨な泣き声が耳につき、なかなかねむれず、茶の間の柱時計が午前二時を知らせた。

すると突然、友次郎さんが起き上がった。志加さんは寝たふりをしていると、おそるおそる彼は子供をのぞき、そっと額に手を当ててから台所に行った。しばらくして戻ると、布団に入り頭に両腕をのせて深いため息をついた。するとすかさず酒のにおいがしてきた。やはり子の親、心配で冷酒にたよったようだ。

明け方、突然床下からガタガタガタと聞こえてきた。また三毛猫がねずみをおいかけているずら、と思いながら子供を見つめていると、今度はちょうど真下からゴトンゴトンと重い音がした。友次郎さんに知らせようと起き上がると、もぬけのから。不思議に思い雨戸を開けると、友次郎さんが懸命に丸太棒を引き出して野菜棚を作っていた。志加さんも起き、ぬか釜に火をつけ、子供を気づかいながら障子にはたきをかけて掃除をはじめた。

友次郎さんは御飯に梅干をのせて御茶をかけ、サラサラと相変わらず簡単な朝飯をすませた。そして、

「いいかよく聞け。野菜棚は作っておいたが、トマトや胡瓜は根がしっかり土に入っていれば急ぐことはない。しかし子供は医者にたよるしか道はねえ。おこたるようなことはならん」

と言い、いったん風呂敷に掛軸を包み肩にかけると、中折り帽子をかぶり、「たのんだぞ」と木戸を開け、出かけた。

姑は薬を拒む子に心配して起きてきた。

昨日は顔がひざについてしまうほど、腰が曲って痛々しかった姑が、熱い塩湯に入

ってこうやくを貼ったら楽になったと言っていた。

「荘一にとんでもねえことをしてしまったわしに、息子がみのわ村の針灸の治療院に行くようにと、心配して言ってくれた」

と話す姑にすかさず志加さんが、

「それじゃ、家から歩きは無理だし、荷車で舟着場まで行って天竜川を渡ってからゆっくり歩いて行くかね」

と相談すると、姑は「すまんねえ」と頭を下げた。

早速朝飯を済ませてから先に医院に行ってくると、子供に薬を与え、ひと休みして荷車に布団を置き、おくるみに子供を入れ出発の用意をしたけれど、姑は全く行く気配がない。やきもきしていると、そのうちに「実は……」と姑が語りだした。

「子供の頃、あんまりきかん坊だからと父親が中指に灸をした。あつくて痛くて」

と手をひらいて見せてくれた。でも、志加さんにはその痕《あと》が見つけられなかった。

姑にしてみれば、幼いとき目に焼きついた灸の痕は、きっと一生忘れることはないのだろう。

「それからは、灸と聞くだけで身が縮む思いでいた。息子がせっかく心配してくれたで、言うことを聞いて行かっと思ったけども、どうもだめだ。時間がかかるかもしれんが、塩湯とこうやくで気長に治す」

と言い切った。

「父親は子供の言うことに耳を傾けずすぐに怒る人だった。子供心に、天から頑丈な釣り針が下りてきて、父さんをどこか遠い空の雲の上にのっけて、もう帰って来なけりゃいいといつも思った」

姑の話に志加さんはふき出しそうになった。でも気がつくと姑の目がうるんでいたので奥歯をかみしめ我慢した。

いいお天気で有難かったのに、今朝は西駒ヶ岳や連なる山々は雲にかくれ、昼過ぎになるとポツンポツンと雨が落ちてきた。

男衆の三十歳くらいの小野さん、まだ若い吉田君の二人がすっかり日焼けして「麦刈りが終わりました」と落ち穂を袋につめ背負って来てくれた。吉田君はおくるみの中の子供に近寄りだき上げると、土間を歩き回って上手にあやしながら、「早く元気になるといいなァ」と心配してくれた。それからポツンと、

「母ちゃんが死んだのは俺がこのくらいの頃だったのかなあ」

と言った。志加さんは「えっ!!」とおどろき、姑のほうを見ると、姑も耳をうたがったかのようにポカンとしていた。長い間来てくれていたのに、寝耳に水だった。

「風邪から肺炎になって、助からなんだ。父ちゃんが七歳の姉ちゃんとやぎの乳で育ててくれた。四歳のとき、父ちゃんも死んでしまったもんで、おばさんの家に行った」

「まあ、なんちゅう気の毒な事ずら」

と姑と志加さんもおどろいた。

「俺は姉ちゃんのあとを金魚のふんのようにくっついて学校にもついて行った。みんながやさしくしてくれて楽しかった」

「へえ、いい姉ちゃんだなあ」

小野さんが感心した。

「姉ちゃんは隣の家の手伝いや子守をしながら、いつもおばあさんが縁側でやってい

た縫物や編物を教わっていた。姉ちゃんが東京に奉公に行く朝、俺もついて行くと言って泣いた。姉ちゃんと別れるなんて考えたこともなかったもんで」

「無理もねえ、小さいときから面倒見てもらって、親代わりだったんだもんなあ」

吉田君の話に相づちを打つように度々小野さんが言葉をはさむ。

「姉ちゃんが、いつも着ていたセーターを風呂敷に包むと、おばさんがそんなボロを持って行くとわらいものになると取り上げちまった」

「そりゃ江戸の御座敷に入るんだものなあ」

「姉ちゃんは、おばさんに頼んでなんとかセーターを返してもらうと、急いでほどいて風呂の湯で洗って乾かしてから玉にして、もう時間がねえからと俺が起きると襟巻とお守り袋を必死で編んでいた」

と、吉田君がふところから出したお守り袋は青と黄色の毛糸で上手に編んであった。

小野さんが「ちゃんとひもをつけておけ」と心配して言った。

「そのお守り袋を持っていると姉ちゃんがそばにいてくれるような気がする」

と大切そうになで、

「東京に行くとき、姉ちゃんにしがみついたら大きな涙を流していた」

と吉田君が言うと、姑と志加さんは手で目をおさえた。小野さんも手ぬぐいで顔をふき炉端の火を見つめていた。

「姉ちゃんは、朝一番に太陽が出る所が東、そっちの方向で働いているから、おじさんおばさんの手伝いをしたり勉強を頑張るんだよと言ってくれた。それから隣のおばあさんの家や親しかった人に挨拶して、おじさんのあとについて、何度も何度も振り返りながら行っちまった」

「若いのにかしこい姉ちゃんだなぁ、きっと相当慣れねえ場所で苦労している。心配かけねえように頑張れ」と小野さん。

「それから早起きして御天道様を見ていると、姉ちゃんにどうしても会いたくて涙がほっぺたをつたわった」と吉田君が話すと、姑は、

「そりゃ無理もねぇ、可哀そうだったなぇ」と前掛けで目と鼻をふいた。

「学校から帰ると、縁側でいつも針仕事している隣の家のおばあさんが『おかえり、先生が教えてくれたこと、みんな頭につめて来たかえ』と笑った。おばあさんは学校

には行ってないのでうらやましいとよく言っていた。勉強のことを話すと、ふ〜んと手を止めて聞いてくれた。おばあさんはどうも算術は面倒くさそうだから、袴をはいて御裁縫の先生になりたかったと言っていた。ときどき座布団の下に飴やお菓子を用意して待っていてくれた。姉ちゃんと一緒のとき、じゃがいもをふかして箸にさして、くるみ味噌をつけてくれたことがあった。うまかった。姉ちゃんが父ちゃん母ちゃんも食べたことがあったかなあと言っていた。

おばあさんが上等な着物を作るときは、針が細いもんでよく俺が糸を通してやった。それから肩をたたいたり足もふんでほしいと言うもんで、戸袋につかまって、一、二、一、二と丸いぺったんこの足の裏をふんでやると、白い足が赤くなって暖かくなった。『ああ気持ちがいい、天国だ』と言っているうちに寝てしまうもんで、おばさんやお姉ちゃんが、俺が小さい頃してくれたように、おばあさんの脇にあった、つくろいが済んだ上着をかけてやった」

姑が「そりゃあ、おばあさん、うれしかっつら」と言った。

「初めのうちは急に黙るので死んだかと思ってびっくりした」

みんな笑った。

「夕飯のとき、おばさんが、今日も隣のおばあさんを寝かしつけたんだって、とおじさんと笑った」

「耳学問と言うけれど、本当に色々話してくれた。おばあさんがいつも口にしていたのは、まじめに頑張ればきっと神様が見ていてくれて幸せに導いてくれる、ちょっと思うようにならんからって短気を起こしたら負け」

「そうだ、その通りだぜ」と姑が言った。

「姉ちゃんと暮らせるようになったら、親の仏様をお迎えするんだよ。母さんも死にたくてあの世に行っちまったわけじゃねえ、こんないい子を残して、せつなかったと思うよ。そのあと父さんも二人の子供のために責任を感じて、一生懸命頑張って命つきてしまった。きっと天国から応援してくれている」

志加さんは両親がいないなんて考えたこともなかった。それを思うと、自分は有難く幸せだとつくづく感じさせられた。

「おばあさんは世話になった恩は絶対に忘れちゃだめだ、いつも縁側から見ているが、おじさんもおばさんも自分の子供を育てた頃と同じように面倒見ている。感心した。なかなか出来ねえことだと言った」

小野さんが「今は姉ちゃん元気でいるのかえ」と気にかけてくれた。

「おじさんが言うには、お屋敷のご主人が倒れて、奥様が知り合いの洋服やに世話してくれて、下働きしたり仕立ても習ったりしていると言ってました」

「そりゃよかった」小野さんは自分のことのようによろこんだ。それから「ところでおばあさんは」とたずねた。

「この間おばあさんの家に行ったときに、おばあさんの好物のべっこう飴とみがきにしんを持って行ったら、風邪をひいて布団に入っていたけれども起きて来てくれた。俺がまだ小さいと思っているのかなあ。頭ばっか、なでるんだよね」

吉田君の言葉に小野さんがすかさず、

「そんなに大きくなってもなでてくれる人がいてうらやましいなあ」

と言い、皆で笑った。今まで知らなかった吉田君の生い立ちに皆で同情しながらお茶を飲んでいると、友次郎さんが、

「やあまいった、こんなに雨が大降りになるとは思わなんだ」

と飛びこんできた。友次郎さんは早速着替え、三尺帯をしめながら、

「麦畑のほうはどんな具合だね」とたずねると姑が、

「へえ、刈り終わったと、早くておどろいたところだわね」

と言った。志加さんは早速酒をつけようと炉端の湯釜のふたを開けると、すぐさま小野さんが、「今日のところは（手を小さく振って）。坊やが元気になったらまた」と気をつかってくれた。友次郎さんは残念そうな顔だった。

姑は干瓢や椎茸をもどし五目御飯を作った。志加さんはすまし汁と鯉のうま煮と沢あん漬けを用意し、雨音を背に炉端のもえたぎる炎に顔を赤らめ、友次郎さんの豊富な世間話を聞きながら食事が終わった。友次郎さんはそろばんを用意し、手間代を計算すると、姑と提灯を持って倉に入り袋に米を入れ、姑は味噌を多めに作っておいたと包んで持ってきた。

友次郎さんは麦刈りをするつもりではいたが、稲とちがってつんつんと針のような穂が汗の体にささり、あまり好きではなかった。無事早く終わったのでうれしかった

のか、志加さんの妹の所からもらった大切な酒を分けることにした。

荷を見つめながら、「さて大雨だが」と友次郎さんが腰に手を当てて心配すると、小野さんは「妻や子供が待っているので頂戴していきます」と言って、早速油紙で荷をしっかり包んだ。友次郎さんが「秋も早めにたのむな」と言うと、「はい、承知しました。有難うございます」と頭を下げ重い大きな荷を背負った。「坊やを御大事に」と言いながら、すげがさをかぶり、吉田君と降りしきる雨の中を互いにみのの肩をすりよせながら足早に帰って行った。

雨は朝になっても一向に弱まる気配もなく、風も強くなった。友次郎さんは客が待っているからと掛軸を背負うと、

「いいか、子供は体が弱っているから濡れて肺炎をおこしたら助からん。しっかり気をつけて医院に行け」

と古い木戸をあけると、サッサと急ぎ足で行った。ふと志加さんは結婚当時のことを思い出した。二百十日の台風のとき、親は心配して、

「こんな雨じゃ舟着場も休みだし、もし舟を出してもらっても天竜川に落ちでもした

ら助からん」と一心に足止めしているのも聞かず、友次郎さんは、

「掛軸と死ねりゃ、有難い」と出て行った。

「このばか者が、勝手にしろ」

姑は真赤な顔をして怒り、あれはどうしたって掛軸にとりつかれている、たのんでお祓いをしてもらわねえと、とんでもねえことになると独りごとを言った。

野良仕事をしているとき、ちょこっと雨が落ちてきただけで、だめだ、農休みと、座敷に入り、煙管《きせる》をくわえて掛軸を眺めていることが多くなった。志加さんが医院に行く用意をしていると、

「今日もだっこして行くのかえ、高下駄だから気をつけておいき」

とじゃのめがさを開いてくれた。棚沢川は橋を渡るのもおそろしいほど赤土色の水があばれくるい、岸辺の芦は流れに身を任せ若葉がときどき顔を出していた。かさの油紙にたたきつけるしぶきで志加さんはびしょぬれになった。医院の縁側を借りてもんぺを脱ぎ待合室に入ると、待ちくたびれた様子の患者でいっぱいだった。角の方で横になっていたおばさんが起き上がり手招きをしてくれた。そばに行くと、

「大変だっつら」と子供の手を握りしめてくれた。うしろの方から、
「こんな乳のみ子に、きな粉むすびをくわせてよく助かった」
という声が耳に入った。おばさんはよほど具合がわるいらしく、ひざをくの字に折り、手さげ袋をまくらにして横になると、日焼けした節の多い手で顔を覆った。ふと実家の母も今頃は蚕で苦労しているだろうと気になる。

昨日の雨がうそのように、西山の山並はくっきりとそそり立ち、雲一つない上天気になった。

今日は日曜日、姑に子供を見てもらいながら、雨にうたれた野菜畑に入った。まあ見事に胡瓜は茄子の根元を通り過ぎ、とうもろこし畑まではいずり、手もちぶさたのつるはふてくさったかのようにくるくると勝手に輪を作り、ちょうど機械のばねのようになっていた。そっと土からはがし棚にしばりつけると、足元の黄色の鮮やかな花の下には小指ほどのトゲトゲの瓜がついていた。志加さんがてこずったのは、茄子の枝葉を羽交締めにしたつる。どうしよう、茄子の葉を切り落とそうか、それともつる

を折ろうか、でもどっちも伊達《だて》についている訳じゃねえ、ぬか漬けの大好きな家族には、これから瓜も茄子も宝物。志加さんは茄子の葉を回し、つるをそっとゆっくりとはがして棚におさめると、もう日は高く、解放された茄子畑はひと際広く見えた。

汗をぬぐいながら子供を見に行くと、姑は炉端で凍りもちに正油をつけ、わたしにならべていた。こうばしい香が居間じゅうに広がる。志加さんが初めて作った凍りもち——おもちを細く切り紙に包んで、わらなわにはさみ、冬じゅう氷水の中に入れ、春になると日蔭で乾かす。もち米は乳の出がいいと教わり、張り切って沢山作ってみた。正油がしみこみ、ちょっとかたいけど美味。凍りもちを食べながら子供をだっこし、ながながと姑と話しこんでしまった。

今度はトマト畑に入ると、横枝がのび過ぎて足のふみ場もないほど。根を浮かせないように枝を持ち上げ棚にしばりつけた。トマト独特の香が手や野良着にしみつき、早く赤いトマトをかぶりつきたくなった。

有難いことに子供は乳をのむ量も多くなり、便も元通りになって表情も豊かになってきた。今日もいい天気で、青田の上をつばめは相変わらず宙返りをくり返していた。

電線に止まった沢山のつばめたちは四方を眺めながらせわしい口調で語り、ときどきつばを鳴らしたような音が志加さんにはたまらなく懐かしく耳に残り、歩いているうちにふと幼い頃に赤いほおずきを鳴らして友達ときそい合った頃の響きを思い出した。

山では里から戻ったうぐいすやかっこ鳥がさえずり、広い空にこだましている。子供はつんつんと足を伸ばし、顔を左右に振るなど動きも活発になった。志加さんはうれしくなって、懸命に緑に染まった景色を見せているうちにすっかり疲れてしまった。

医院に着いて看護婦さんに子供を預けると、ほっとして待合室の板かべに寄りかかり、目をつむった。

肩をとんとんとたたかれ、気がつくと、中年の男の人が上着を手に「先ほどから呼んでいますに」と知らせてくれた。もうろうとしながら襟元を整え、診察室に入ると、いつにない穏やかな先生の白衣に木々の若葉をぬって入った光が、まるで後光のように神々しく目に映った。

「元気になりましたね。一週間したらまた診せて下さい」

先生は満面の笑顔だった。ベッドからだき上げた子供は重く、夢ではないと実感した。
　静かな誰もいない昼下がりの待合室。書棚の花びんから、重なり合った芍薬のつぼみからは花びらがおもむろに顔を出していた。志加さんは身支度しながら、わらをもつかむ気持ちで飛びこんだ日のことを思い出した。今まで、はかり知れない数の患者が先生をたより、この部屋で待ち侘びて、どれだけ助けをもらったことだろう。子供に乳を与えながら、うすあめ色の畳をしみじみと見つめた。

　ここ西駒ヶ岳にかかる雲ゆきは、梅雨が近づいている気配になってきた。志加さんの体は、元気になった子供とひきかえに、桶のたががはずれたようにがたがたになってしまった。子供の薬を止めてから久方ぶりに先生に見ていただく日、志加さんが時間を気にしながら横になっていると、姑は生みたての温かい玉子に穴を開け、正油をさして「お飲み」と心配そうに渡してくれた。いつももみがらの箱の中に入れ、お金に換えていた大切な玉子。志加さんの大好物。少し殻をはがして穴を大きくし、箸でかきまぜ少しずつ味わって飲んだ。

それから、気合を入れて子供をひもでしっかり背負うと、医院に向かい、汗をふきふきなんとかたどり着いた。志加さんは待合室の角に寄りかかった。子供は周りの患者さんにあやしてもらい、麻の葉の着物を乱してバタバタと御機嫌だった。診察室から戻ったおばさんが、

「あれ、子供が元気になってよかったと思ったら、母さんが弱っちまった。きっと肩でも張っているんずらに（肩が張っているんでしょう）。そこにちょっとねらっし（寝てごらん）」

と言ってくれた。志加さんは気分がよくなるものならと、恥も外聞もなく、「ごめんなんしょ」とうつぶせになった。

おばさんは馬のりになって首や肩をもんでくれ、背骨の周りも力いっぱい押してくれた。すると背にたまっていた血が急に流れだしたように体がす～っと軽くなった。

「患者さんにお世話かけちまって申し訳ねえ」と礼を言うと、

「子育てのときは自分がまいると正味困る。旦那さんに掛軸ばっかり夢中にならんで畑仕事しておくれとそおいわっし」

と笑って帰っていった。

一週間ぶりに会った先生は、体重計を見ながら、

「おお、元気だ、重くなった」とよろこんで下さり、

「心配なことがあったら連れて来るように」

と言いながら子供の頭をなで、指でほっぺをおすと、子供は先生のほうを向いてニコニコし、手をカヤカヤした。先生の安堵の様子がみなぎっていた。志加さんもうれしく、感謝し合掌した。

早く家に帰って皆に知らせようとペンペン草やシロツメ草の近道を急ぎ、棚沢川の近くに来ると、せせらぎの中に愛々しいやぎの声が耳に入った。橋のたもとから見わたすと、土手の大きなくるみの木かげに親やぎと三匹の子やぎが遊んでいた。親やぎは子やぎを見守りながら懸命に草を食べ、細い足の間には土に着くほどの豊かな乳房がぶらさがっていた。背中の子供は、はね回る白やぎを首を長くして見つめていた。

棚沢川の水は田にそそがれているのか、川底の石の上をすべりながら輝き天竜川に向かっている。

村に入りほっとしていると、井戸端で器を洗っていたおばさんが、

「まあえらい目にあっちまったなえ」

と前掛けで手をふきながら話しかけてきた。

「父さんとガラス越しに見て心配していたよ。ちょっと近所にたのめなんだかなえ。でも、まあ助かってよかったよ。わしも田植えが終わって蚕が上がったら、やたらご・・・・したくて（疲れて）陽気を食って寝こんじゃ困ると思って、今日は畑には父さんだけで行ってもらって留守番をしていたら、あんまり柏の木がうっとうしいもんだで枝をはらって、ついでに柏もちを作った。急いで作ったもんだで、砂糖がちょっと足りんと思うけど食べておいき」

と袖を引っ張られた。親類でもないのにと恐縮しながら、家に入り座布団の上に子供をねかせてもらった。おばさんは待っていてくれたかのように、手早く柏もち、しみ大根の煮物、お茶を用意してくれた。新茶の香と味は格別で、疲れきっていた志加さんには生き返るような心地だった。

「ゆっくりしておいき。姑から遅いと言われたら、陽気を食った患者で混んでいたと

言えばいい、うそも方便」

とおばさんは笑った。柏もちは大きく、重いほどあんが入っていた。甘みも志加さんにはちょうど良く美味しい。大根の煮物はとても懐かしく、実家で母親と秋が深まる頃、大根を輪切りにしてゆでてから、わらを通し冬の間軒にぶらさげて、田植えの頃になると小さくカラカラに干した大根をぬるま湯に入れてやわらかくしてから二つか三つくらいに切って、砂糖と正油で煮物にして手伝いに来てくれた人にご馳走した。何年ぶりかで食べた大根の煮物は美味しかった。

「昨日はおどろくやらおかしいやら、ちょっと聞いておくれ。うちじゃ、秋に馬をかえたんだよ。前の馬もとてもおとなしくてわしに手向かうこともねえ。よく働いてくれたけど、苗代を作っているとき馬小屋に帰ると同時に倒れちまって。もう年で無理だと聞いた時にゃ、さあ、これから先、この馬どこえ行くずらと考えたら可哀想で涙が出て眠れなかったぜ、志加さん。それで馬博労やさんが今の馬を世話してくれたんだ。山方の育ちで足が丈夫だと言ったが本当によく動いてくれる。昨日は馬の背の両脇にまゆ袋をつけて組合に向かったら、山寺の商店街でまゆを納めに行く人と帰りの買物客でごったがえしていた。さあ馬がおどろいて、なんとしても進んでくれねぇもんだで道端で困り果てていたら、荷車をひいた若い兄ちゃんが、一緒に運んでくれると親切に声をかけてくれたけれども、馬をおいて行くわけにもいかんもんだで、せっかくだけど断った。どうにかならねぇもんかと考えていたら、馬に乗ったおじいさんが心配してくれて、目かくしするしか方法はねえと教えてくれた。仕方ねぇ、父さんは自分のはっぴを馬の顔にかぶせて手綱を短く持って引っ張ったら、素直に歩き出してくれた。父さんはほっとしていると、前のほうがやかましいもんだで、客が大金が入った財布でも落としたかと思っていたらとんでもねえ、風にのって馬ふんのわらの臭いがしてきた。気の毒に食堂の前でゆっくりたっぷりと用をたしてしまっただと。御主人がこりゃたまらねぇと、急いでかたづけていた。馬主は首の手ぬぐいで汗をふきふき頭をさげっぱなしだった。さあ父さんも、こりゃ他人事じゃねぇ、この馬もたしか暫く用をたしてねえ、やたら心配になっただと。家を出るときは、ゆっくり買物して馬に運んでもらわっと思ったけど、そのうち目かくしもうっとうしくてあばれるようなことになっても困ると、もうあきらめてまっすぐ帰ることにしただと。なにしろ、商店はこのときとばかりに呉服やあざやかな着物、ゆかたの反物を山積し、御茶やは新茶をふるまう。乾物やのお歯黒の女将さんは番当さんと一緒になって走り回って売りさばいていた。

街をぬけてほっとして、天竜川の土手の松の木に馬の綱をしばりつけ、かぶせていたはっぴをとってやると、馬はうれしそうに草を食べた。そこまではいいけど、安心した父さんが急に用をたしたくなってどうにもいかず、競馬のようないきおいで来るもんだで、わしはそこに横になっていてびっくりして飛び出たら、わしの所へ手綱を投げ、用たしにとびこんだんだ」

ひざをたたいたりなぜたり、身振りをまじえた、おばさんの表現豊かな話しっぷりに久方ぶりに笑った。荘一はびっくりして目をさましてきょとんとしていた。

すっかりあまえて里がえりしたような気分になった。

志加さんは、おじさんと労いながら家事をして暮らしているおばさんの家がつくづくうらやましかった。

明け方早く、トントンと戸をたたくような音がした。あれ、風かなと思いながら寝返りを打った。

ふと結婚当時、友次郎さんが、この家の者は親切で夕方六道原を乞食達が下って泊めてもらいに来たことがあると聞いていた。するとまた、先ほどより大きく強く戸をたたく音が聞こえてきた。志加さんはおそるおそる「どちらさんだね」と尋ねると、「俺だ」と父親がほおかぶりをしてかごを背負って、「荘一はどうだ!!」と飛びこんできた。「昨夜、三沢医院に通っている村内のおばさんが知らせてくれた」と。

母さんがねずっこで作ったと、まだあたたかいおやきと鮎の甘露煮、志加さんが好きなごぼうの味噌漬をかごから沢山出してくれた。子供のことを心配して来てくれたので、早速健やかに寝ている様子をそっと見てもらい、落ち着いたところでお茶の用意をしていると、友次郎さんと姑が起きてきた。

「わしが荘一にとんでもねえことをしてしまった」

と姑は涙を出してあやまった。父親は「まあまあ」と姑の肩をさすり、「大きくなった」と言った。友次郎さんはうしろめいたものがあるのか、炉端の火をたきながらだまってお茶を飲んでいた。

話し声に目をさました子供をだきながら、懐かしい味のおやきをほお張った。父親は安心して気がゆるんだのか、大きなあくびをしてから、

「さて、家の者が心配して待っているから早く安心させてやらにぁ」

と立ち上がると友次郎さんが、

「久しぶりに来てくれたに、もっとゆっくりしていっておくんな」と止めた。

「本当になんやかんやで下って来れなんだ、さて庭でも見せてもらおうか」

と外に出た。志加さんもお供した。

「この松もよく伸びたなあ」

としばらく見上げ門をくぐった。志加さんに近寄ると子供の顔をなで、

「元気になってよかったなあ。志加、おめぇ、体は大丈夫か。うわさに聞いて、夜になると母さんと心配しているけどなあ。友次郎はいい人物だが、どうも道楽がなあ」

と腕を組み、頭をかしげた。

「一段落したら、ゆっくり来るがいい。みんなが待っている」

と言いながら、ふところから包みを出し、

「何か体に滋養になるものをお食べ」

と、袖の中に入れてくれた。昨年の秋、妹が高遠の奥の造酒やに嫁ぎ、沢山の嫁入道具を馬で運んで盛大な結婚式を済ませたばかりで、実家が大変なのが痛いほどによくわかる志加さんは、この金は両親の苦労の汗がしみこんでいると思うと、ただ胸が熱くなるばかりだった。志加さんは頭から離れないことが一つあった。

　結婚式をむかえた数日前、父親と畑仕事に行き土手に腰をおろしていると、突然父が長いきせるで指した先に目を向けると、大きな石の下で遅咲きのやせたたんぽぽが美しい花を開いていた。親子の話を聞いているかのようだ。きせるをくわえながらじっと見つめていた父は、ぽつりと、

「たんぽぽはえらい、自分から場所を選ぶわけでもねえ。崖であろうが、線路の中であろうが、こんなでっかい石の下であろうが、立派に花を咲かせてみせる。たいしたもんだ。志加、俺達も見習わなけりゃあなあ」

と言った。志加さんはそのたんぽぽのことをいつも思い出して頑張ってきた。

あのときの父親の言葉は、今になってみるとはなむけであったと思う。嫁入り支度は妹よりはるかに少なく、さびしいと思ったこともあった。でも志加さんは忍耐という一番大切な魂を頂戴した。

月に一、二回、行商の雑貨やさんが来るのだが、今日も来ない柳ごうりにおどろく程のあらゆる品をつめて背負い縁側に広げ商いをしている。志加さんは待ちきれず、この間柏もちを頂戴したおばさんのところに、手拭いひとすじと父親が持って来てくれた鮎の甘露煮を持って御礼に行った。

おばさんは、「こんな丁寧なことをしなんでもいいに」と言いながら、「甘露煮は父さんの晩酌にちょうどいい」とよろこんでくれた。

「元気になってよかった、子供は宝だよ」と背中の子の頭をなで、「よく来てくれたの」と、おばさんが話しかけてあやすと、子供は志加さんの尻あたりで足をバタバタさせてよろこんだ。

「これから跳ねくり回るから気をつけにゃ。やけどでもさしたもんなら親の恩はねえ

書　名				
お買上 書　店	都道 府県	市区 郡	書店名	書店
			ご購入日	年　　月　　日

本書をどこでお知りになりましたか？

1.書店店頭　2.知人にすすめられて　3.インターネット（サイト名　　　　）

4.DMハガキ　5.広告、記事を見て（新聞、雑誌名　　　　）

上の質問に関連して、ご購入の決め手となったのは？

1.タイトル　2.著者　3.内容　4.カバーデザイン　5.帯

その他ご自由にお書きください。

（　　　　）

本書についてのご意見、ご感想をお聞かせください。

①内容について

②カバー、タイトル、帯について

弊社Webサイトからもご意見、ご感想をお寄せいただけます。

ご協力ありがとうございました。

※お寄せいただいたご意見、ご感想は新聞広告等で匿名にて使わせていただくことがあります。

※お客様の個人情報は、小社からの連絡のみに使用します。社外に提供することは一切ありません。

■書籍のご注文は、お近くの書店または、ブックサービス（0120-29-9625）、セブンネットショッピング（http://www.7netshopping.jp/）にお申し込み下さい。

と言うからねえ。また雨でも降ったらゆっくりおいで」と親切に言ってくれた。

まだ腰が本調子でない姑が冬の間解いておいた布ののりづけをすると言うので、三枚のはり板を物置から出し、水を流してから、たらいののりの中に浸しておいた布をはり板の両面にのばし、日向に移したり、板をうらがえしたりして手伝った。「やれやれ、有難や、有難や」と姑はよろこんだ。

夕方になると、友次郎さんが「皆どこへ行った」とさがしている。姑は、「また気に入った掛軸が手に入ったで見せたくているずら。家の中で外の景色を眺めんでも、わしはいつも駒ヶ岳を見るだけで腹の中まですっとして、あとは何もいらん」と全く掛軸には興味がない。志加さんも、姑に洗脳されたかのように友次郎さんの行動に無関心になっていた。ただ気になるのは、荘一がいたずらするようになり、掛軸をひきむしったり軸を刃代わりにして遊んだりするのではねえかと心配だ。

友次郎さんはわら草履をつっかけ、

「ちょっとこんかえ。伊那の高尾山神社に願をかけておいた。今日は御礼参りに行ったら、ちょうど出店でにぎわっていたで買ってきた」

　珍しいこともあるもんだ、雪でも降ってくるんじゃねえのと言いながら、姑と家に入った。姑には桐の下駄、荘一にはむぎわら帽子と風呂に浮かべる金魚、志加さんには鎌倉彫の下駄と持ち手がやはり木彫の手さげ。姑は早速板の間をはいて歩き、こりゃ軽くてちょうどいいと大よろこび。志加さんは、枕元に下駄と手さげを置き、しみじみ眺めた。実家ではがまんがまんで過ごしていた。こんなに立派な買物をしてもらった覚えがない、正味うれしかった。荘一は久方ぶりに父さんと金魚のおもちゃを持って長風呂に入った。疲れたのか、今はよく寝ている。一段落したら、この下駄をはいて手さげ袋にお土産をつめて実家に行かせてもらおう。

　荘一は何を夢みているのか、ニコニコと微笑んだ。

　志加さんもついつられて笑ってしまった。

　友次郎さんのいびきがだんだん大きくなってきた。

集会所広場

終戦の翌年、私は小学校に入学してから行動範囲が広がって、登校途中の集会所の広場で暗くなるまでよく夢中で遊んでいた。こぢんまりとした二階建て白壁の集会所広場には立派な石碑が並んでいた。

ある日、五円玉をしっかり握りしめ、紙芝居やさんを待ちわびながら碑に刻まれたむずかしい字をなぞっていると突然、

「あっ‼　ばばあが行く」

と聞こえた。おどろいて振り向くと、ビー玉で遊んでいた男の子が見知らぬ通りがかりのお婆さんとおばさんに向かって発した声だった。

お婆さんは怒り、おばさんに、

「誰だ!!　行ってぶっ叩いてくれ」

と言いつけた。おばさんはすぐに男の子のほうに近寄って、

「今言った奴は誰だ!!」

と声の主を見つけ、丸刈りの男の子の頭を平手でびしゃん!!　と叩いて走り去り、男の子は一瞬、「わあ!!」と泣いた。

今思うと、あの頃は、お婆さんにしてみれば曾孫、おばさんにしてみれば孫くらいの子供が言った言葉が気に入らないからといって、即時叩いて気をはらすような、戦後のゆとりのない野蛮な時世だったとつくづく思う。

広場には、汗を光らせた紙芝居やさんがよくやって来た。拍子木を二、三回打ち、男の子たちに渡すと、チャンチャンと広い空に子供たちの打つ拍子木の音が心地よく響きわたった。おじさんはガム、酢イカ、ニッキ棒など、色とりどりに美しく詰まった箱を引き出すと、みなわれ先にと寄ってきた。一円五十銭のニッキ棒を二本買って、なめながら見物するのが私の唯一のたのしみだった。物語は覚えていないけれど、き

な子ちゃんとぽんちゃんの名前だけは忘れない。

つゆが明ける頃になると、自転車に箱をつけたアイスキャンデーやさんが、青い旗をなびかせながらやって来た。麦わら帽子にランニングシャツ、半ズボン、ゴム草履のいでたちで、首の手拭いで汗をふきながら、さかんに売りさばく。一本五円だった。夏、氷を口にするだけでもまだめずらしい時代で、アイスキャンデーは冷たくてとても美味かった。

やがて秋も深まると、ポン菓子やさんもやって来た。孫を連れたお年寄りや、とうもろこし、お米など持って来ては、出来上がるのを待つ近所のおばさんたちの話し声で、広場はひときわ賑やかになった。

釜のふたを開けると同時に大きなどかん!! という音がして、とうもろこしがまるで小さな綿の実のように白く軽く変身して、長い袋の中に飛び出て来る。周りにこぼれたコーンを口にすると、やはり出来たてほやほやは味がよかった。

ある日のこと、配給の缶詰の空き缶が山とたまっていたので、缶けりをして遊んでいると、脇道から肥《こえ》をかついだ二人が現れた。皆が「くさいくさい」と鼻をおさえてさわぎ出した。当時は下肥は大切な肥料だったので、目にするのは珍しいことではなかった。不思議なもので、少人数だと割に何も言わないのに、大勢になるとやたらさわぎたてる。

その人たちが、ゆらゆらと石碑の前に差し掛かったときのことだ。運わるく、かつぎ棒を通す桶の片方の綱が切れてしまった。まずい！　と思った瞬間、二人の体と石碑にガバッ!!　肥がかかり、「なんだよ!!　こりゃ」と二人とも桶から離れ、「あーあ」と川に飛びこんだ。さわいでいた皆は、おどろきと、ころがる桶の臭いにいたたまれず、にげ帰ってしまった。

私は、ひょっとして家で川の水を使って鍋や野菜を洗っていたらと気になり、一目散に帰った。幸い、日中皆、野良仕事に出ているのか、川端にいる人は見当たらなかった。

翌朝学校に向かうときには、灰をかけ掃除され、石碑もひときわ美しくなっていた。

集会所の隣には木造の火の見やぐらがそびえ、道をはさんで、つたや商店があった。店のガラス戸越しにベッコウ飴、ドロップ、キャラメル、風船のように美しい粗目のついた飴などが見えていた。私はよく一円の黒玉を十個買いに行ったものだ。

店にお酒を買いに行ったときのこと、店のおばさんが、

「重いから、途中で道に飲ませんように気をつけて行きな」

と心配してくれた。私がビンをだきかかえようとすると、おばさんは胸の名札をじっと見つめて、

「あれ、節子と書いてさだ子と読むんだ」

とおどろいた様子で言った。

「父ちゃんが貞明皇后様の名前をまねたんだって」と私が言うと、

「ふーん、いい父さんだなえ。そういえば、二年ほど前だったか、赤穂の製糸工場を見学に来られたぜ」

と教えてくれた。おばさんは鼻に人差し指をあてて、

「わしの名を知っている?」と言うので、「しらん」と首をふると、

「とらだよ」

「えっ!!　とらだって！　おばさん、女の人じゃん」

「そうだよ、かわいそうずら」

そう話したおばさんは、もういない。

名前とは裏腹に、椿油をつけて念入りに櫛を通したようなきれいな髪の毛をうしろで丸くたばねた、小柄なおばさんだった。

母親

小学校五年の頃だった。学校から帰ると、蚕室で父ちゃんと母ちゃんが言い合いをしていた。ちょっと気になったけれど友達と約束していたので、麦茶を飲み、すぐに遊びに出かけた。二時間ほどして戻ると、父ちゃんが私を見るなり、

「山のこせに行って、母さんがいるかどうか見ておいで」

と言った。

「母ちゃんいなくなっちゃったの」と聞くと、「いいから早く行け」とピリピリしていたので走った。山のこせとよんでいる畑は、家から一番近い場所で、裏側が山なので日当たりはあまりよくない所だった。木々の間からは八幡様の祠が目に入り、山裾は戦時中、薬品の倉庫代わりだった防空壕跡地で、道をはさんで野菜と桑畑があった。

母ちゃんは蚕の世話をする傍ら縞瓜やねぎ、南瓜を作っていた。それらの手入れや草むしりに母ちゃんが行く時はきょうだいでついて行った。山の中で兄ちゃんと藤づるにぶらさがり、ターザンのまねをして笑い転げていると、母ちゃんが「何がそんなに面白いの」と登って来て腰を下ろした。ひと休みして、「怪我でもしなけりゃいいが」と笑いながら下ったこともあった。

その日、母ちゃんは野菜畑にいなかった。桑の中を「母ちゃん、母ちゃん、いるの」と歩き回ったけれども返事がない。桑には黒むらさきのぐみが沢山なっていたので食べようと手を伸ばすと、いきなり、ちょうどぐみ二個分くらいの大きな蜂が「ブンブン」と怒ったようにおそろしいうなりで次々と目の前に現れた。「くまん蜂だ!!」と夢中で逃げた。

精米所に着き、振り払って来たよもぎの葉を道脇におき、ほっとして少し歩くと、お祖母ちゃんが山羊小屋に寄りかかってこっちを見ている。父ちゃんは辺りを草箒《くさぼうき》で掃除していた。走り寄って、「いなかったよ」と言うと、お祖母ちゃんが、「それじや、ひょっとして蔵の長持の中で休んでいるかもしれん」

と早速入口の重い戸を引きながら、

「暗いから階段を踏みはずさんように上がって。もしいたら、わしが心配していると言っておくれ」と言った。

階段一段一段の間が広く、よいしょと二階に上がると、明かり取りの小さな窓からは、黄色く色づいた杏子の枝の向こうに稲田と駒ヶ岳が見え、まるで額縁の絵のようだった。奥の母ちゃんが大田切の実家からもらった長持のふただけが開いていた。そっと近寄ると、お客様に使うきれいな布団の中に、青い顔をして、それに目のまわりも黒くなって、片手を胸の上に置いてぐったりとしている母ちゃんの姿があった。

「母ちゃん」と言っても返事もなく、死んでいるのかとひやっとした。母ちゃんの手をさわるとぬくみがあり、それに腕にも息が届いたので、ほっとした瞬間涙がこぼれた。

母ちゃんはお蚕を迎えると、いつねるのかと思うほど蚕室に入りっぱなしで、ついに疲れが出てしまったのだ。親はいつでも元気だとばかり思っていた。このような姿を見たことは生まれて初めてだったので、急に気持ちがひきしまった。静かに「母ちゃん」と言って長持を離れながら手で涙をこすり階段を下りると、入口でお祖母ちゃんと父ちゃんがのぞいていた。

「母ちゃんねていた」と言うと、すかさず父ちゃんが「あ、それならいい」と言った。するとお祖母ちゃんが、

「それならいいじゃねえ、わしは夫婦喧嘩はしてはいけねえとは言わんだけども、子供に心配かけたり捜したりするようなことはするんじゃねえ」

と言いながら、ほっとした顔で私の頭をなでてくれた。

母ちゃんは歯がはれて、腸には回虫がたかっていた。街の病院に通う途中、天竜川で水あびをしていた双子の片方の兄ちゃんが、くるみの木の脇をよろめきながら歩いている母ちゃんを見つけ、土手にかけ上がり、電車の駅付近まで背負っていってくれたという。

待合室で眺めていたおばさんは、

「裸の大柄の兄さんで、御相撲さんにおぶってもらっているようだった」

と言った。

「素足で砂利道では、きっと足も熱くて痛かったろうに親孝行息子さんだね。兄さんの爪のあかでもいただいて、うちのどら息子にせんじてのませたい」

と言ってくれたと、母ちゃんはうれしそうに話していた。

戦後の農家は、夏は他に収入が少ないのでお蚕様一点張りとなる。まゆになると、どこの家は何貫とれたとか耳に入り、気丈夫な母親にしては相当気になるらしく無理をして頑張るので、あの時は父親が蚕室で心配して注意していたのではないかと、後になって思った。

馬

庭に、小柿という、ひと口ほどの柿が沢山なる木があった。秋が深まるにつれて、濃いむらさき色に変わってくると甘くとても美味でも、やわらかいので朝早く凍っているうちに地面にむしろを敷いて、父親が木に登り枝をゆすったり竿で落としたりして、落ちた小柿をお祖母ちゃんと拾った。

高い枝に残った小柿は、からすやすずめ、渡り鳥の群れが代わる代わるやって来ては食べ、食べかすや種をまきちらして去って行く。

小柿の木から少し離れた所に、唯一春を演出してくれる桜の木、その脇に小川が流れ、小柿と桜の間には洗い場があった。いつも稲わらをまるめたようなたわし、汚れた器をみがく灰、鍋のすみやこげつきをおとす茶わんのかけらがころがっていた。

現代だったら私は問題児だったかもしれない。川底からすくい上げた砂が、ちょうど小柿の根元に山とたまっていたので、池を掘ったり、トンネルを造ったり、独りごとを言いながらままごと遊びをしたりしていつまでも遊んでいた。

天気の良い日は馬を庭に出して綱を桜の木にむすんでいた。ある日、夢中で遊んでいると急に馬が便をして、また運わるく、ゆるい便が私の頭や背中に火花のように散って、まァそりゃ、わらくさいこと。それからは馬と向かい合って遊ぶようにし、馬が尻尾を上げると急いで小柿の木にかくれ、用が終わり尻尾がさがるまで待っていた。ポカポカのゆげの出る馬ぐそには、はえやさまざまな虫たちが寄って来て、馬もうっとうしいのか尻尾を激しく左右に振ったり、けったりするような動作もするが、いつも同じ家の中で生活しているので、こわいとは思わなかった。

夏になると田の方に水が入ってしまうので、小川のチョロチョロの流れが止まってしまう日も多く、山奥のお祖母ちゃんの実家では、水番をして稲を育てたようだ。

日課のように川で遊んでいたのに、水がないとつまらなくなる。夕立ちがあった次の朝は少し流れていたのに、日が差して少したつと、もう乾きだしてしまった。でも洗い場の所は深くてまだ水があったので、よもぎを石でたたいたり、しその葉をもんで赤い水をビンに入れたり、まだ青い小柿を拾って棒にさしたりして久方ぶりにままごとをして遊んでいた。

するとお祖母ちゃんが草ぼうきを持って家の裏の方から来て、

「あれ、水が流れているのかい」と早速川をのぞき、「やっぱり少しばかりの雨じゃ、だめだ」と残念そうにつぶやいた。五、六歩去ってから、また急に戻ってくると、じっと洗い場の水を見て草ぼうきで水をかきまわし、

「えらいあわがたって黄色いけど、ひょっとして馬の小便じゃないか」

といきなり私の手首を持ち上げ、手の匂いをかいでいるうちに、

「小便だ!!　手を目に当てるじゃねえよ」

と急いで塩と水を持って来てくれた。よく手に塩をつけてから洗うように言って去った。塩は馬のえさに使うのか大粒で痛かった。馬はのどがかわいているらしくバケツに近づいてくる。うるさいので遠ざけると、いきなりバケツに足を入れてザワ～と水を外にあふれさせてしまった。水はたちまち庭に地図をかいたように流れ出し、馬

はその地面に口をあてていた。お祖母ちゃんに話に行くと、

「無理もねえ、川に水もないから、のどがかわいている。台所の米のとぎ水をおやり」

と言った。

バケツにいっぱいの白い水を両手でヨイショコラショと運び、ビシャン、ボチョンとこぼしながら馬の口元に置くと、早速チュ〜ス〜と音をたてて飲んでいた。またたく間に飲み干し、それでも、まだ足りないらしく頭を上げないので、バケツを取ると、小川の方を向き、ぬれた口元を気にするかのようにヒヒヒ〜ンと長い顔を振った。

すっかりだまされて馬の小便でままごと遊びをしていたなんて、兄ちゃん姉ちゃんに知れたらあきれて大笑いされるだろうなァ〜、と思うと、なんだか恥ずかしくなった。

でも馬は好きだった。遠い畑に行くとき、荷車に沢山の肥料や草かき、くわ、鎌など農具を載せ、私も乗った。前足を出す度に、ちょうどお辞儀するかのように長い顔をこくんこくんと下げて、首に汗を光らせ、急な坂道を懸命に進んで行く。山裾の釣り鐘のようなホタルブクロや、相変わらずトゲトゲのアザミ、うす黄色でまるでこう

もりがさをいっぱいに広げたようなオミナエシやヒルガオが美しかった。

　太陽が高くなると、帰りの仕度が始まり、そしてかすかに聞こえてくるサイレンを合図に家に向かう。半日草原にいた馬は太鼓腹になり、きっと喉もかわき、それに荷車が軽いので容赦なく走る。私は振り落とされそうになり、横腹や尻も痛いので、しゃがんで下り坂を必死で手摺を握った。

　今では、あの時の荷車の乗り心地がいい思い出となっている。

お祖母ちゃん、ごめんなさい

先日スーパーにいたら、あるお爺さんが三歳と六歳くらいの孫を連れて入って来た。二人の男の子は、はしゃいで素早く陳列棚の中に消えてしまった。

お爺さんはカートにかごを用意すると、早速メモを広げ品さがしを始めた。しばらくすると、下の子がお爺さんを見つけて早速おねだりが始まった様子。くっつき回っている孫に、「ダメ!! ダメだと言ったらダメダ」と冷たく断り、忙しそうに去った。べそをかき出した弟に、すかさず兄ちゃんが近寄り、「爺ちゃんなんて大きらいだな、な、早く死んじゃえばいいな」と肩に手をかけ、顔をのぞきながらなだめている。

その瞬間、私が日ごろ気にしていた遠い昔の子供の頃を思い出して、つらい気分になってしまった。

小学校の二年の時だったと思う。御腹をすかせて家に戻り、早速御膳箱を引き出した。でも何も入っていなかった。いつもだと温泉マークの包み紙のヌガーとか、かきもち（冬、たしかおもちをつく時に食紅、甘味料、ふくらし粉などを加えてのしたおもちを細く切り、日陰干にしておくのだ。野良仕事が始まる頃になると、厚いほうろくでガラガラと炒る。すると、だんだん美しい色にふくらんで、冷めると少し堅くなり、口に入れるとコリコリ音がして美味かった）などが入っていたのに、忘れられてしまったかと隣の兄ちゃんの所も見たけどやっぱりない。でも奥の方でコトンコロコロと音がしたのでよく見ると、ふせた御茶碗の間に赤と白の金平糖が二個あった。早速口に入れると甘味が舌の上に広がり美味しかった。がまん出来なかったので双子の兄ちゃんたちの御膳箱も次々と引っぱり出したが、なーにも入っていなかった。

「お祖母ちゃん、腹がぺこぺこ」と言うと、「困ったなえ、母さんがすぐ帰ると言って畑に行ったで、おむすびを食べて待っておいで」と言われた。

「お祖母ちゃんはすぐおむすびおむすびって、やだやだやだョ。祖母ちゃんなんて死んじまえ」

と言いながら、前掛けの背中でむすんだひもをほどき引っ張った。そうしたら、「大勢孫がいるけども、そんな与太を言う者はおめえだけだ、へぼだ!!」と首まで赤くして怒ったのでおそろしくなり、縁側に行って、干してあった座布団の上に寝そべっていた。

しばらくすると、お祖母ちゃんが丸いおむすびを二つ皿にのせて「さ、食べてちっと待っててりゃ母さん来る」と言って持ってきてくれたので、庭を眺めながらほおばった。ご飯にほどよくついた味噌の加減と、風が吹くたびに自家製の豆の香がして何とも言えず、ひと際美味かった。器を台所に返し、麦茶を飲むと満腹になり、また縁側で横になった。

百日草の色とりどりの花の上をちょうちょうがヒラリヒラリと心地よさそうに舞っている。眺めているうちにねむくなってしまった。けたたましい放し飼いの鶏の鳴き声に目をさますと、もう庭は日がかげり、体の上には兄ちゃんたちの脱ぎすてた衣類が、まるでみの虫のようにかけてあり、そして縁側の端には折った座布団が置いてあった。今になって思うと、地面にころがり落ちでもしたらと心配してくれたのだろう。私を慈しみ、懸命に面倒を見てくれたお祖母ちゃんに、本当に申し訳ないことを言ってしまった。

天国に行った際には、なにがなんでもさがし出して、心ゆくまであやまりたいと思っている日々です。

天道虫

わか葉が美しく出揃うと役目を終えた木の葉は春落ち葉となって、ひらりひらりと静かに土の上に腰を下ろした。箒《ほうき》を当てるとかさかさと、まるで袋の中のポテトチップをつまむときのような響きと共に、ちりとりに収まった。ふと腰を伸ばすと、黒竹の重なり合ったみどりの葉に天道虫がとまっていた。何年ぶりに目にしたことか、顔を近づけてもねているのかピクッともしない。

思い起こせば終戦当時、天道虫には大変残酷なことをしてしまった。あの頃はきわめて食糧事情が悪く、物乞いが村の中をさまよっていた。ある日のこと、言葉の丁寧なやせこけて日焼けした青年が、白い二メートルほどの束ねたゴムを出して、おにぎりと交換してほしいとやって来た。上野で働いていたけれど、支払う給料が不足だからと、上司に街に連れて行かれ万引を強要され、お母様がひどく怒って家から追いだされたと涙ながらに語った。

ちょうど居合わせた身丈一間の父親は、グローブのような手でにぎった岩石のようなごついおむすびと麦茶を出しながら、悪いことはけっしてするじゃねえと言うと、早くお母様を安心させてあげたいと、あわ飯のおむすびをほおばりながらつぶやいた。

そんな時世、短期間で収穫出来るじゃが芋に大量の天道虫が発生し、子供会で退治することになった。なるたけ口の広いビンをさがして水を入れ山の畑に向かい、芋の葉の下にビンの口を当ててトントンとゆすると、天道虫はコロコロと水の中に落ち、苦しまぎれに必死で口元まではい上がる。それらを手の平でビンの口をおさえ、上下に二、三回振ると、そのうち力つきて底にしずんだ。

太陽が頭の上に昇るとのどもかわき、ビンも重くなった。六年生が見渡して終了の合図に林に走り、枯木を拾って穴掘りをはじめた。夢中になっているうちに、土が目に入った、口に飛びこんだ、頭にかぶったとさわぎながら、天道虫の墓場が出来ると、「ほら、こんなに沢山たまった」とビンを見せ合いながら下に向けると、ドバッといきおいよく水と一緒にこぼれ落ちた。

まだモソモソと動いている天道虫の上に棒や足で土をかぶせ、ふり返ることもなく急いで坂を下った。

この竹の葉の天道虫には、先祖がそんな悲惨な目に遭っているなんて、知るよしもない。

娘の初江が四歳のときだった。主人がほろ酔いかげんで、娘にせがまれたと言って広げた白いブラウスが、一面小さな天道虫の柄だった。「なに、これ!!」とおどろきの声を発してしまった。娘は、天道虫って可愛いいんだもんとごきげんだった。眺めているうちに大量の天道虫を土にうめた当時が頭をよぎった。

長い間、時が流れると、こうも変わるものかとおどろいた。あの頃はただじゃが芋の葉につく悪い虫という印象しか頭になく、友だちの誰一人、かわいい、かわいそうだなどと言う人もいなかった。よく見るとたしかに、ざるをふせたような丸い赤い体に、さらに丸い黒い斑点、それに下の方のおちょぼ口がなんとも言えず、愛らしい。

この頃の新興住宅地の公園には、天道虫の背にまたがって動かす遊具や、腰掛けが目に入る。それに天道虫のサンバが大ブレークだった。もし庭のたった一匹の天道虫とお話しすることが出来たなら、背筋をパカッと開き二枚の羽で飛んでいって、仲間をこの庭に集めてほしい。そして自由に心ゆくまで楽しんでもらいたい。

せめてもの償いとして。